RODRIGO LUIS

SUELI
SUELI CARNEIRO

1ª edição – Campinas, 2022

"Falarei do lugar da escrava. Do lugar dos excluídos da res(pública). Daqueles que na condição de não cidadãos estavam destituídos do direito à educação..."
(Sueli Carneiro)

M•STARDA EDITORA

Hoje, no Brasil, todos os cidadãos têm direitos e deveres protegidos por lei, mas nem sempre foi assim. O país, afinal, conta com um fator muito importante para a reflexão sobre quem nós somos e de onde viemos: a colonização.

A colonização foi a forma que os países da Europa usaram para dominar territórios que eles não conheciam, beneficiando-se de todos os recursos do lugar. Durante o período que se estende dos anos 1500 até o início dos anos 1800, nosso país teve muitas de suas riquezas exploradas por Portugal. Além disso, os colonizadores praticaram um dos maiores crimes da história da humanidade: o trabalho escravo.

Em lei, a escravidão teve fim no ano de 1888. Na prática, isso é bem diferente. Somente em 1916 surgiu o primeiro Código Civil Brasileiro e, ainda assim, era bastante excludente com grande parte da população negra e indígena do país. Nesse mesmo ano, nascia José Horácio Carneiro, pai de Aparecida Sueli Carneiro, filósofa, escritora e ativista feminista e antirracista.

Aparecida Sueli Carneiro nasceu em 23 de junho de 1950, filha da costureira Eva Camargo Alves e do ferroviário José Horácio Carneiro. A família vivia na cidade de São Paulo, no bairro da Lapa. Conta-se que Sueli, que foi a primeira filha do casal, desde pequena precisou lutar pelo seu lugar no mundo: aos 2 anos de idade foi acometida por uma séria desnutrição. Em agradecimento pela cura, a mãe decidiu que todas as suas filhas levariam o nome da santa: Aparecida.

Com o nascimento de três irmãs e dois irmãos, Sueli e a família mudaram-se da Lapa para a Vila Bonilha, um bairro próximo, embora mais afastado do centro da cidade. Sueli, que ganhou fama de briguenta, aprendeu uma importante lição com a mãe: jamais abaixar a cabeça quando alguém zombasse da sua cor.

Ela e os irmãos conviviam mais com a família paterna, que tinha condições um pouco melhores que a deles. Em certa ocasião, a menina foi ridicularizada por não saber o significado da palavra "verídico". Sentindo-se inferiorizada, a partir daí, Sueli forjaria na inteligência uma forma de se proteger.

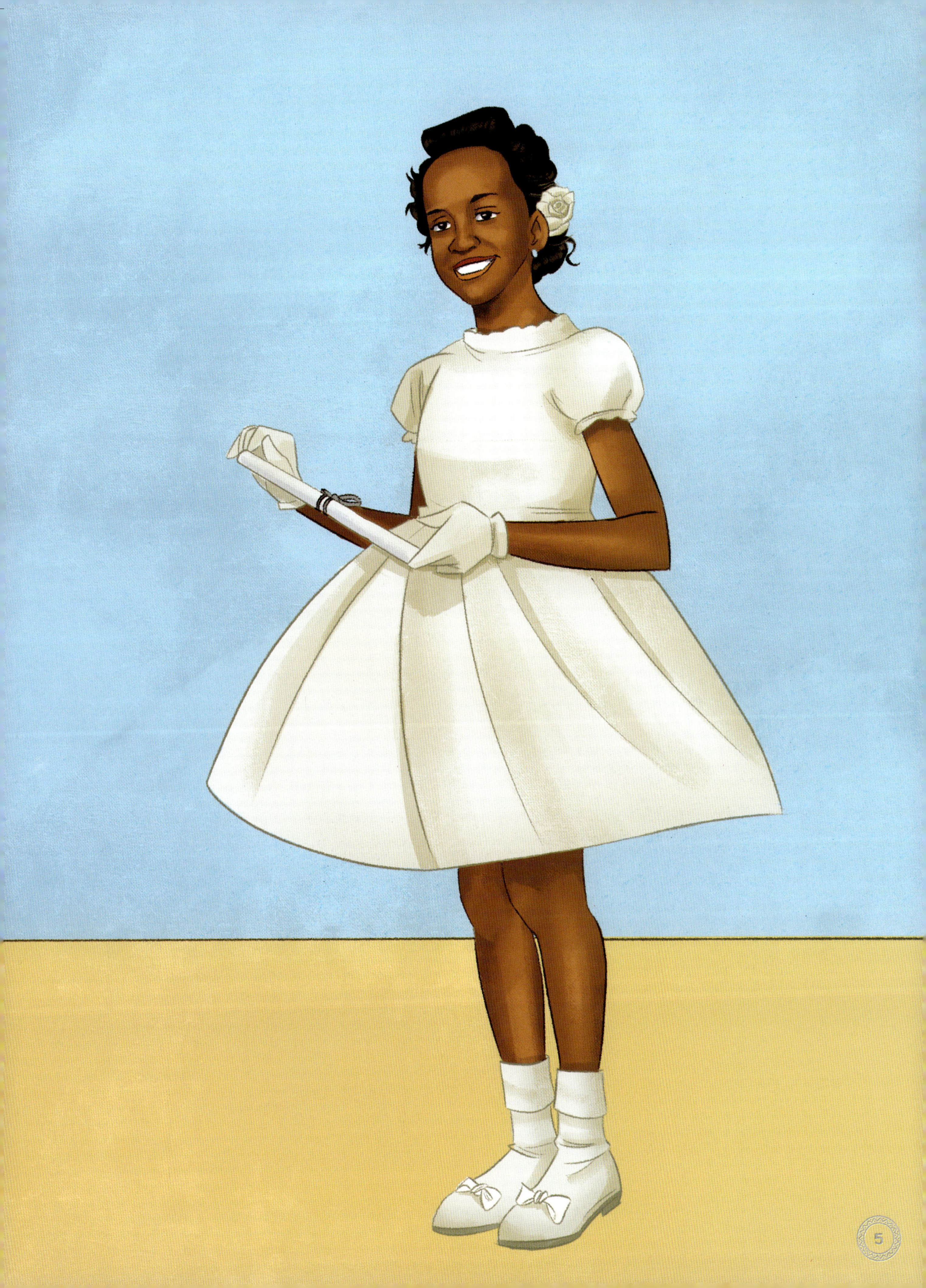

Liberdade para todos!

Sueli foi alfabetizada em casa pela mãe, que gostava muito de ler. Já na escola, sua experiência foi solitária. Nunca teve uma professora negra, e seus colegas eram majoritariamente brancos. Aluna estudiosa, sempre tirou boas notas.

Em 1964, aos 14 anos, no colégio Jácomo Stávale, participou pela primeira vez de uma das muitas manifestações coletivas que organizaria durante sua vida. Aliou-se aos outros alunos para uma passeata nos arredores da escola, em protesto contra o golpe militar — momento que trouxe ao país uma ditadura extremamente violenta e opressiva, que só teria fim em 1985. Esses anos ficaram conhecidos como "anos de chumbo".

A Ditadura Brasileira foi um governo instaurado pelos militares. Seu início foi o golpe que derrubou o presidente democraticamente eleito, João Goulart. Nos governos militares, nota-se alto teor autoritário e nacionalista. Uma das principais frases do Governo era: "Brasil, ame-o ou deixe-o". O lema indicava que o governo não aceitaria críticas. Para garantir, então, o seu poder, os militares usaram de extrema violência para proibir manifestações de grupos que pediam o fim da Ditadura.

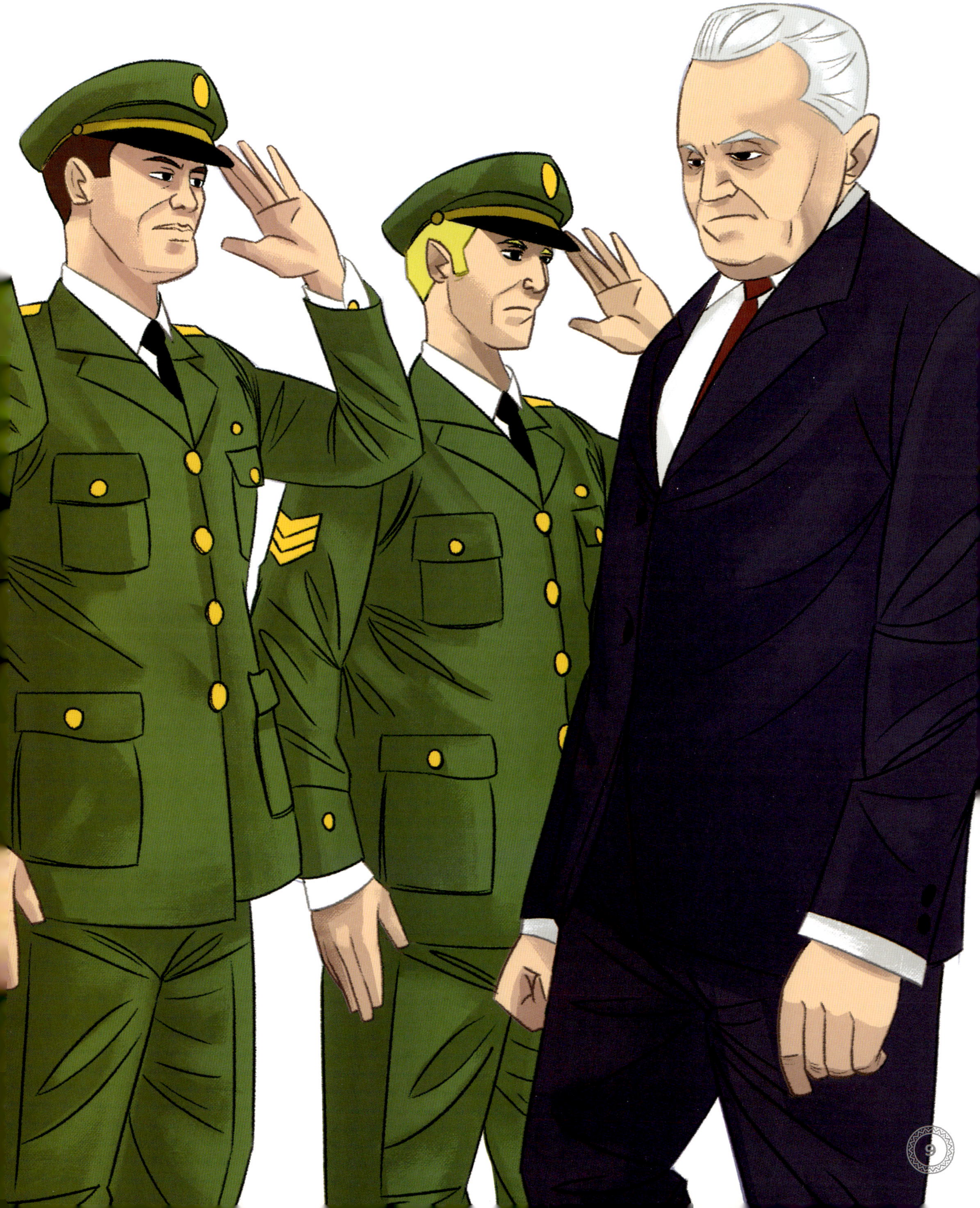

No ano de 1971, Sueli prestou concurso para auxiliar de escritório na Secretaria da Fazenda de São Paulo. No ano seguinte, ela estava empregada, ajudando com as contas da família. Para Sueli, o concurso público era a forma de uma mulher negra conseguir alguma autonomia, pois, em outras situações, mesmo que ela tirasse as melhores notas nos testes para o cargo, acabaria sendo desqualificada nas entrevistas por não ter a "aparência necessária para a empresa".

Nesse emprego, Sueli conheceu sua grande amiga Sônia Nascimento. A convivência com Sônia e outras mulheres negras a levou a conhecer o Centro de Cultura e Arte Negra (Cecan). Nesses encontros, Sueli compreendeu que o racismo e o preconceito não eram um problema individual ou familiar, mas uma questão que atravessa toda uma sociedade. A luta para resistir e para fazer valer os seus direitos alcançava agora outros níveis.

11

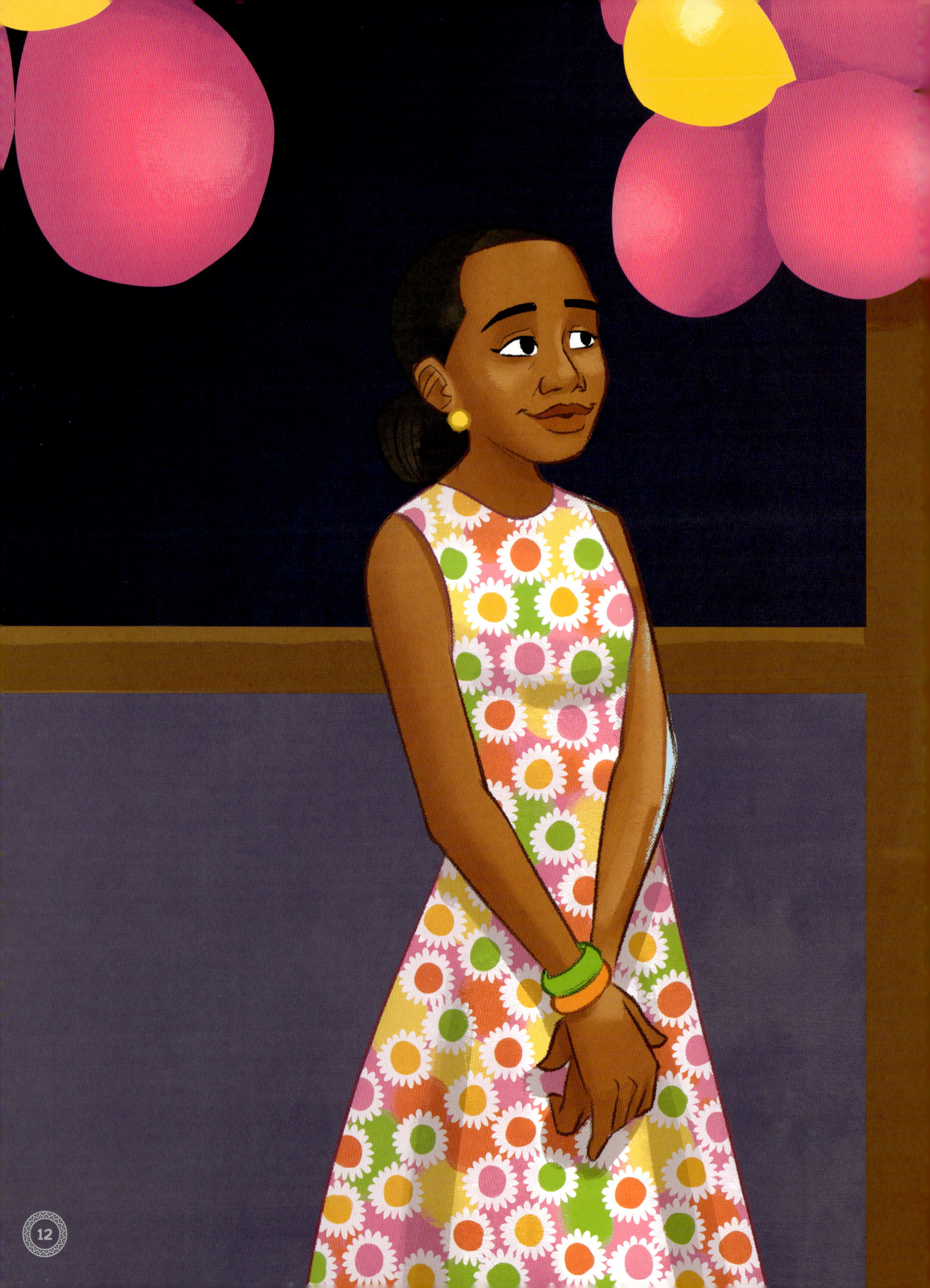

Sueli tinha um amigo chamado Paulo Silas, que sempre a incentivou a ler. Aos 21 anos, foi à festa de aniversário do amigo. Lá um rapaz branco a chamou para dançar. Logo de cara a menina foi bem clara: "Não gosto de branco". O rapaz de origem judia, chamado Maurice Jacoel, respondeu sem titubear: "Eu também não". Eles logo se entenderam e, em pouco tempo, estavam namorando.

Precisaram enfrentar, porém, suas próprias famílias. A de Sueli não queria alguém branco para a filha; a de Maurice também não gostava da ideia de que o filho namorasse alguém que, além de não ser judia, era uma jovem negra.

Sueli e Jacoel incentivaram um ao outro a entrarem na universidade. Assim, Sueli conseguiu ingressar na Faculdade de Filosofia da Universidade de São Paulo (USP). Nessa época, ela e o namorado decidiram se casar e morar em um apartamento próximo à USP. O casamento foi uma grande festa, embora a família de Jacoel mal tenha comparecido.

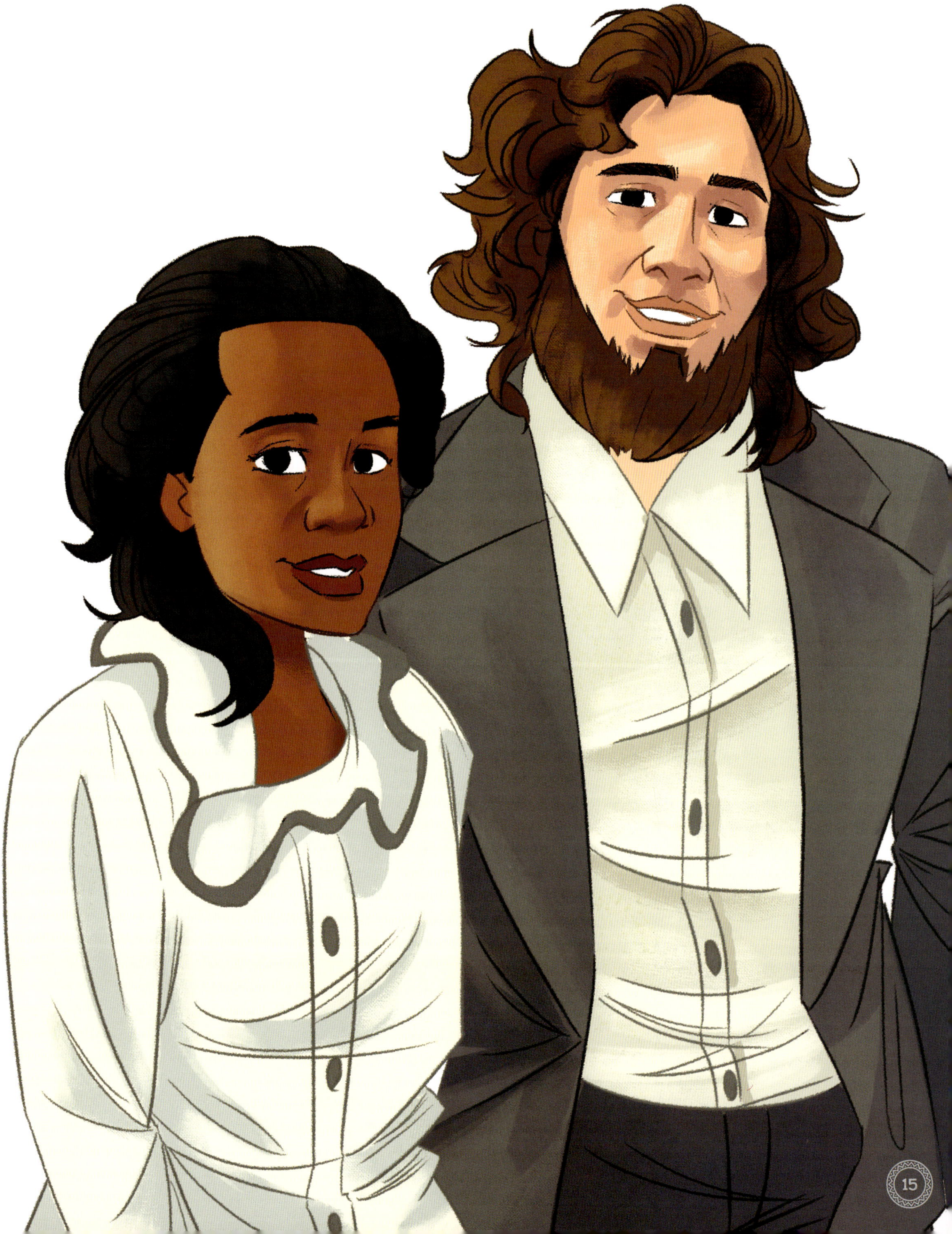

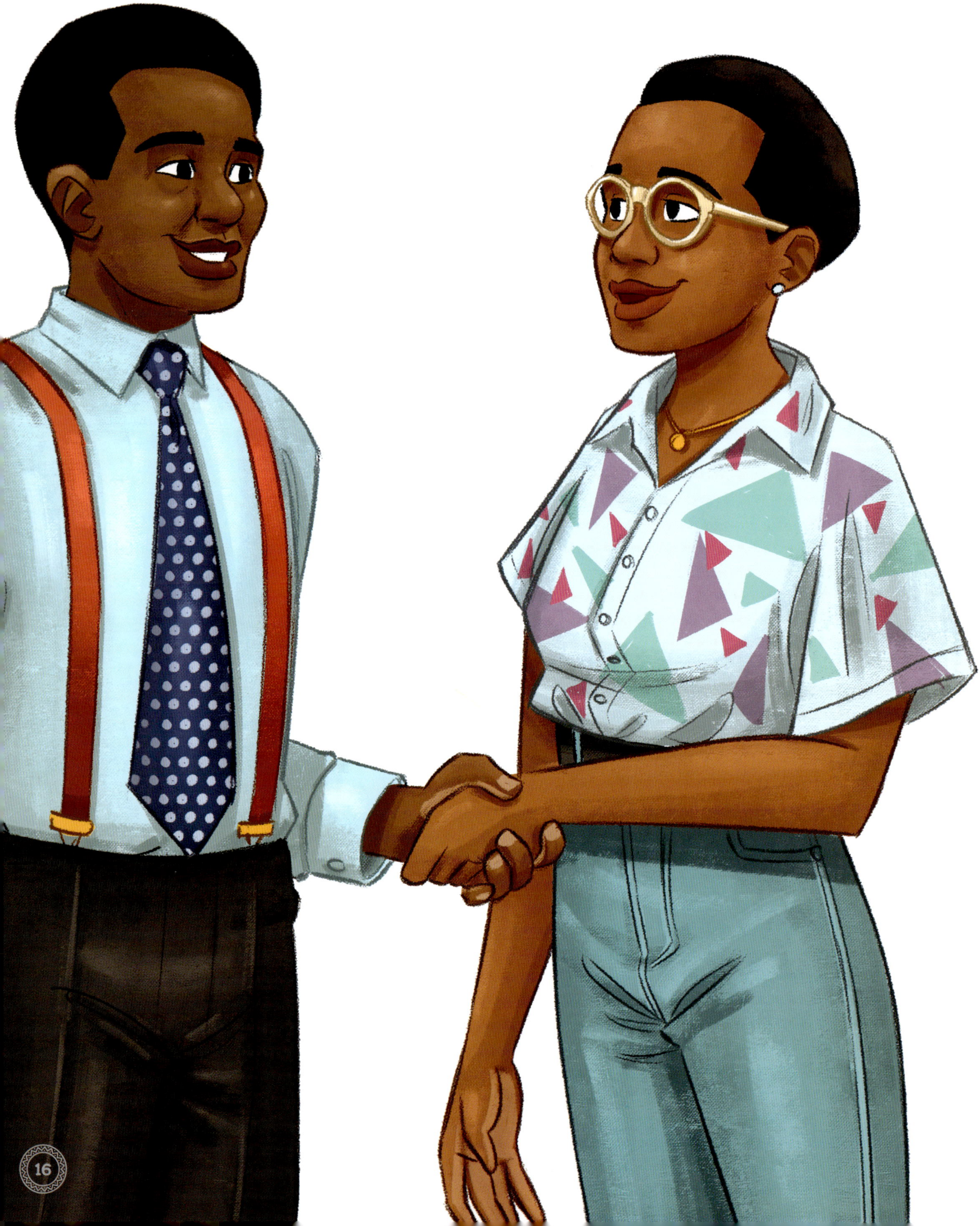

Na faculdade, Sueli teve contato com importantes nomes do pensamento antirracista, como o geógrafo Milton Santos. Ela conquistava seu espaço nas batalhas étnico-raciais do país. Consolidava pouco a pouco a sua voz no Movimento Negro, que se firmava diante dos problemas da sociedade.

O Brasil passava pela Ditadura, e, por isso, estudar nem sempre era fácil, pois o conhecimento era tido como uma ameaça. O apartamento do casal acabou se tornando um refúgio para muitos amigos e conhecidos que eram perseguidos pelo regime militar. Sueli e Jacoel haviam sido fichados e estavam sendo constantemente observados.

Depois da morte da mãe de Jacoel, Sueli e o marido mudaram-se para uma casa na rua Gioconda, que ficaria famosa por abrigar diversas reuniões do Movimento Negro. A conquista da casa própria provocou muita emoção em seu pai, que declarou, pela primeira vez, aprovar o casamento da filha. Um mês depois, ele morreria de câncer.

Conforme os anos foram passando, a atuação de Sueli no Movimento Negro foi ficando cada vez mais evidente. Ela começou a perceber que uma outra camada problemática atravessava a sua existência e a das colegas: elas não eram somente negras... eram mulheres negras! Dessa forma, associou sua luta antirracista à defesa dos direitos das mulheres.

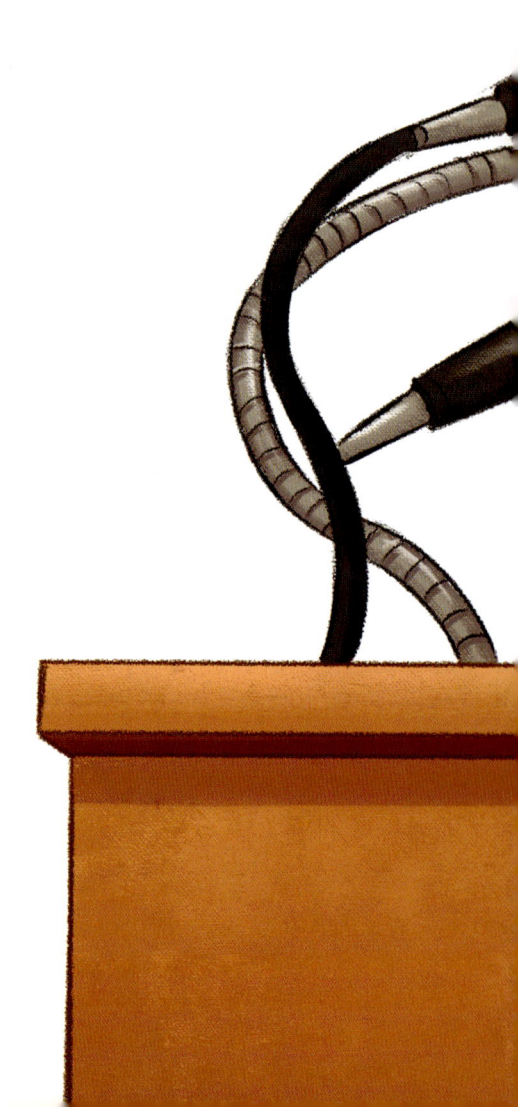

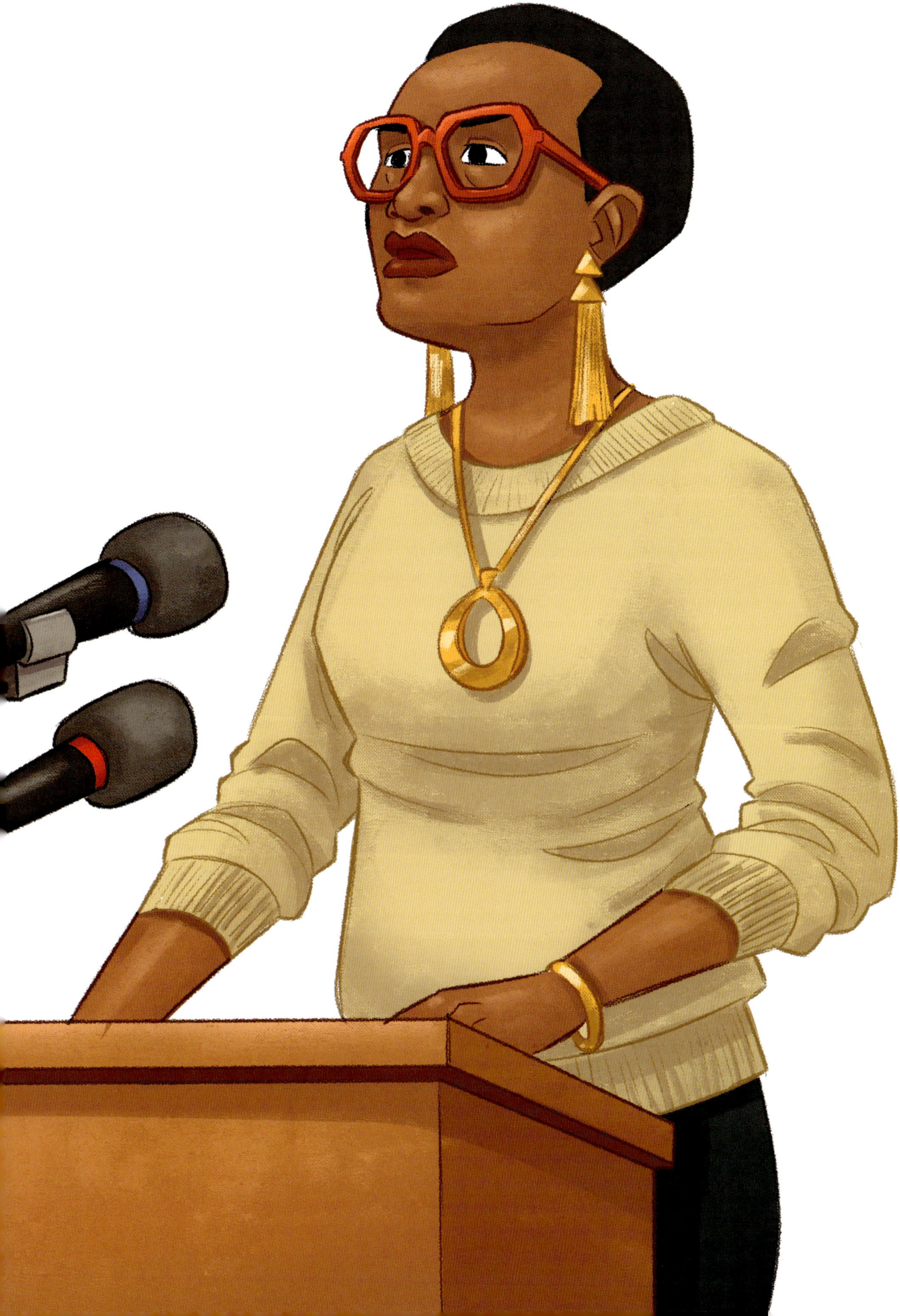

Se por um lado a vida pública de Sueli trazia transformações que uniam cada vez mais pessoas ao seu redor, como a grande pensadora Lélia Gonzalez, a vida privada passava por algumas turbulências. Ela e o marido já não estavam em seus melhores momentos e, por isso, decidiram se separar. A separação demorou um pouco mais do que o planejado, porque Sueli engravidou de sua única filha. Mesmo com o término do relacionamento, o casal manteve uma relação amistosa.

A filha de Sueli recebeu o nome da capital de Angola: Luanda. Seu nome foi escolhido pois, na época, o país africano vencia as suas lutas pela independência, pondo fim a um longo tempo de colonização portuguesa.

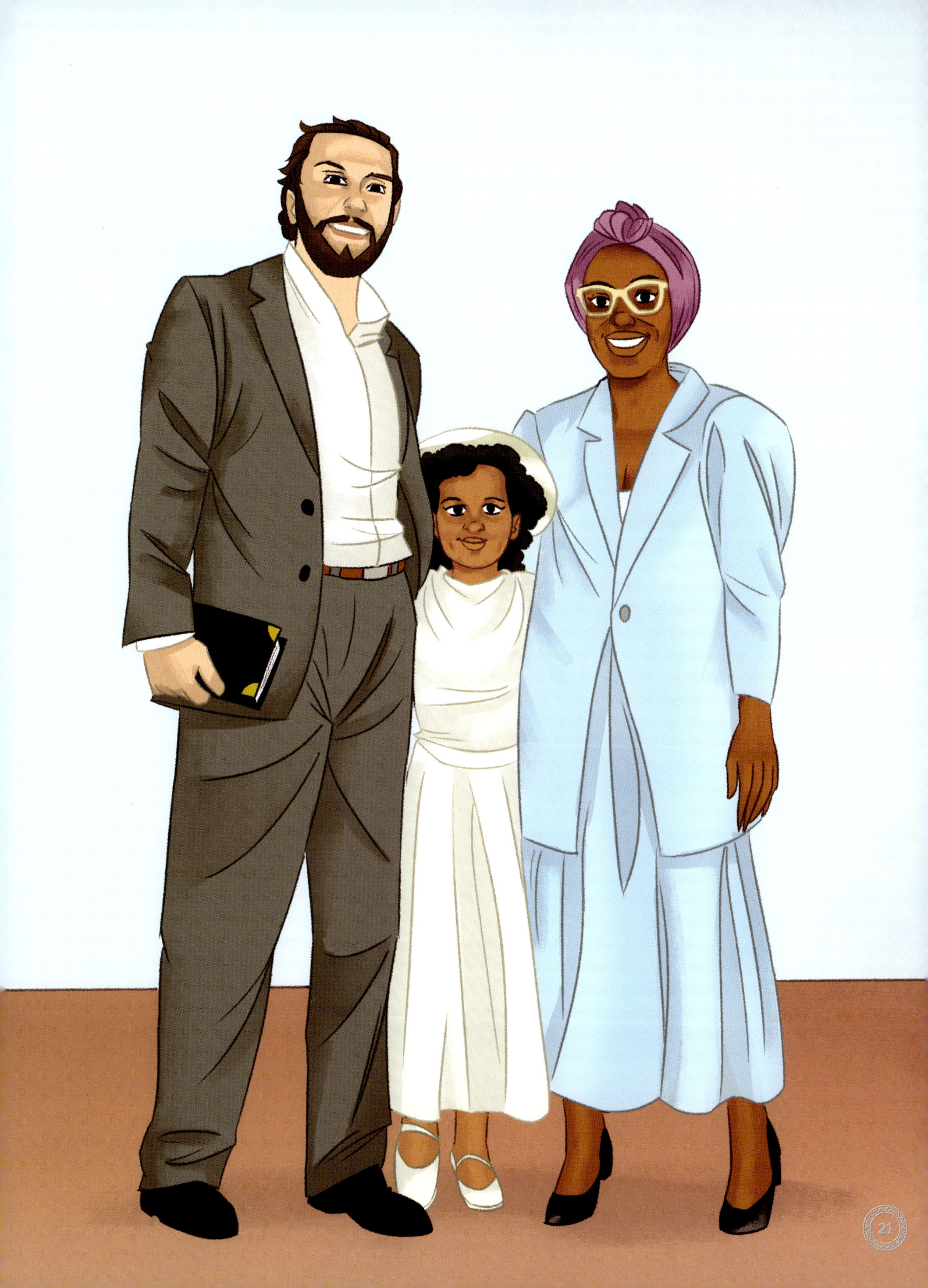

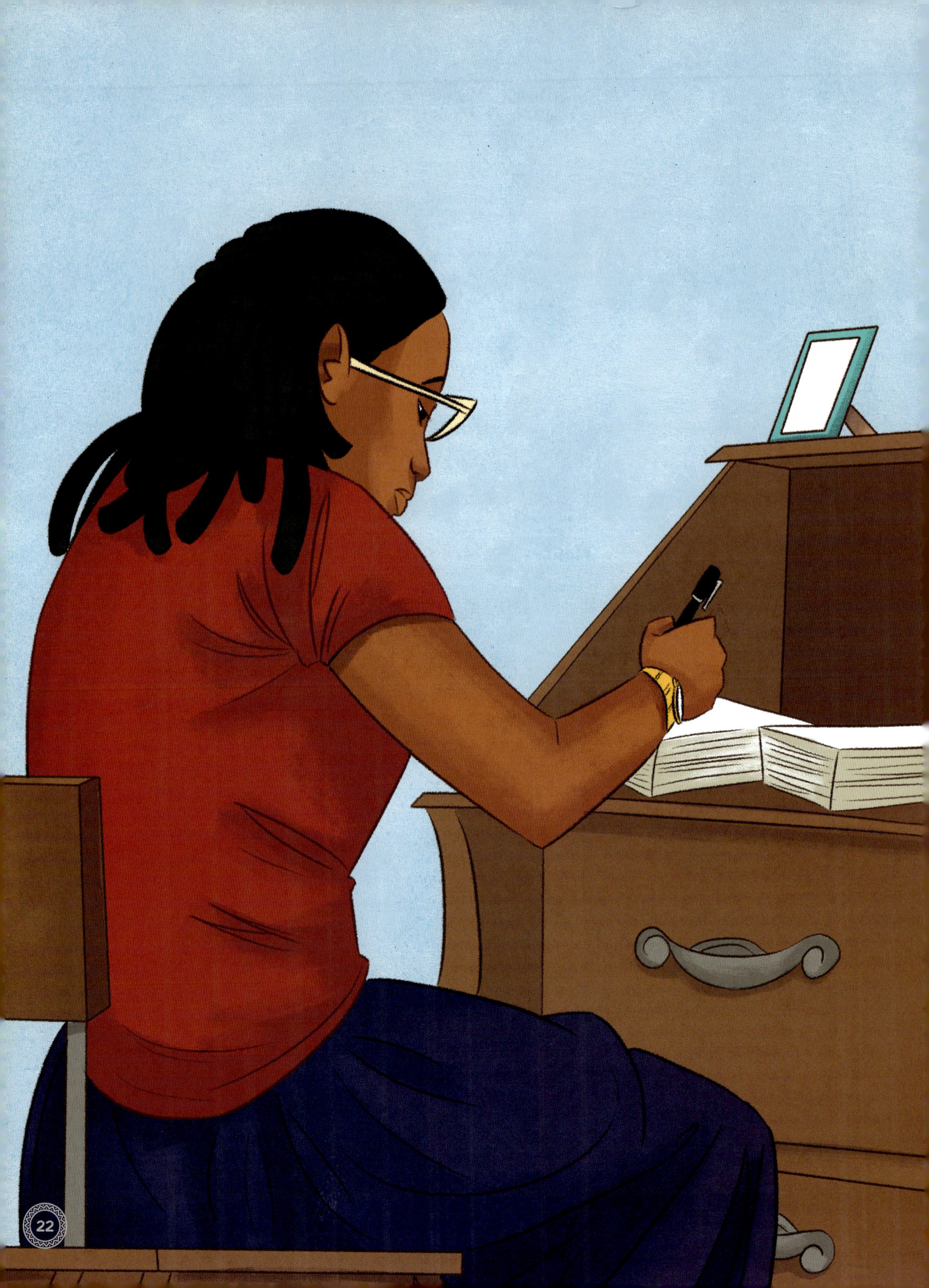

Em 1982, depois de muito tempo, houve eleições para governador. Estava acontecendo a transição para a democracia no Brasil. No ano seguinte, quando o novo governador tomou posse, um grupo de mulheres lutou pela criação do Conselho Estadual da Condição Feminina, o primeiro do país. Mas qual não foi a surpresa de Sueli ao perceber que não havia nenhuma mulher negra fazendo parte da comissão!

Em função disso, Sueli Carneiro e outras mulheres que lutavam pelos direitos das mulheres negras decidiram criar, em São Paulo, o Coletivo de Mulheres Negras, que iria atuar dentro do Conselho Estadual. A tensão entre as mulheres brancas e negras era clara, mas isso nunca as intimidou. Pelo contrário, Sueli escreveu o livro "Mulher negra: política governamental e a mulher", que foi o primeiro estudo a relacionar os números de desigualdade entre mulheres negras e brancas do país. A autora fez toda a pesquisa, calculando os dados a partir do censo.

Sueli passou pelo Governo brasileiro sempre atuando e lutando por aquilo em que acreditava. Fez viagens internacionais para representar o Brasil e, por um tempo, viveu em Brasília.

Em 1988, Sueli, Sônia e outras mulheres negras fundaram o Geledés — Instituto da Mulher Negra. O nome "geledés" vem das sociedades iorubás e se refere a um culto do poder feminino.

O Instituto atua, desde então, dialogando diretamente com mulheres negras que precisam de ajuda ou querem saber mais sobre sua condição no país. O Instituto Geledés é tão importante que, em 1998, ganhou o "Prêmio Direitos Humanos da República Francesa" pelas ações contra o racismo e o preconceito.

Entre as várias conquistas de Sueli e do Movimento Negro, destacam-se duas: a mudança na maneira como personagens negros são retratados nas telenovelas e as cotas étnico-raciais nas universidades.

Em 1994 Sueli escreveu um artigo criticando uma novela na qual uma mulher negra, uma das poucas da novela, era humilhada e salva por uma mulher branca. A filósofa apontou a responsabilidade dos meios de comunicação na autoestima de crianças e jovens afro-brasileiros. Para ela, já estava na hora de mudar a narrativa na qual as pessoas negras aceitavam a escravidão.

Para isso, Sueli foi participante ativa no debate sobre medidas sociais afirmativas, que tem como objetivo diminuir as desigualdades econômicas, educacionais e sociais, chegando a discursar no tribunal.

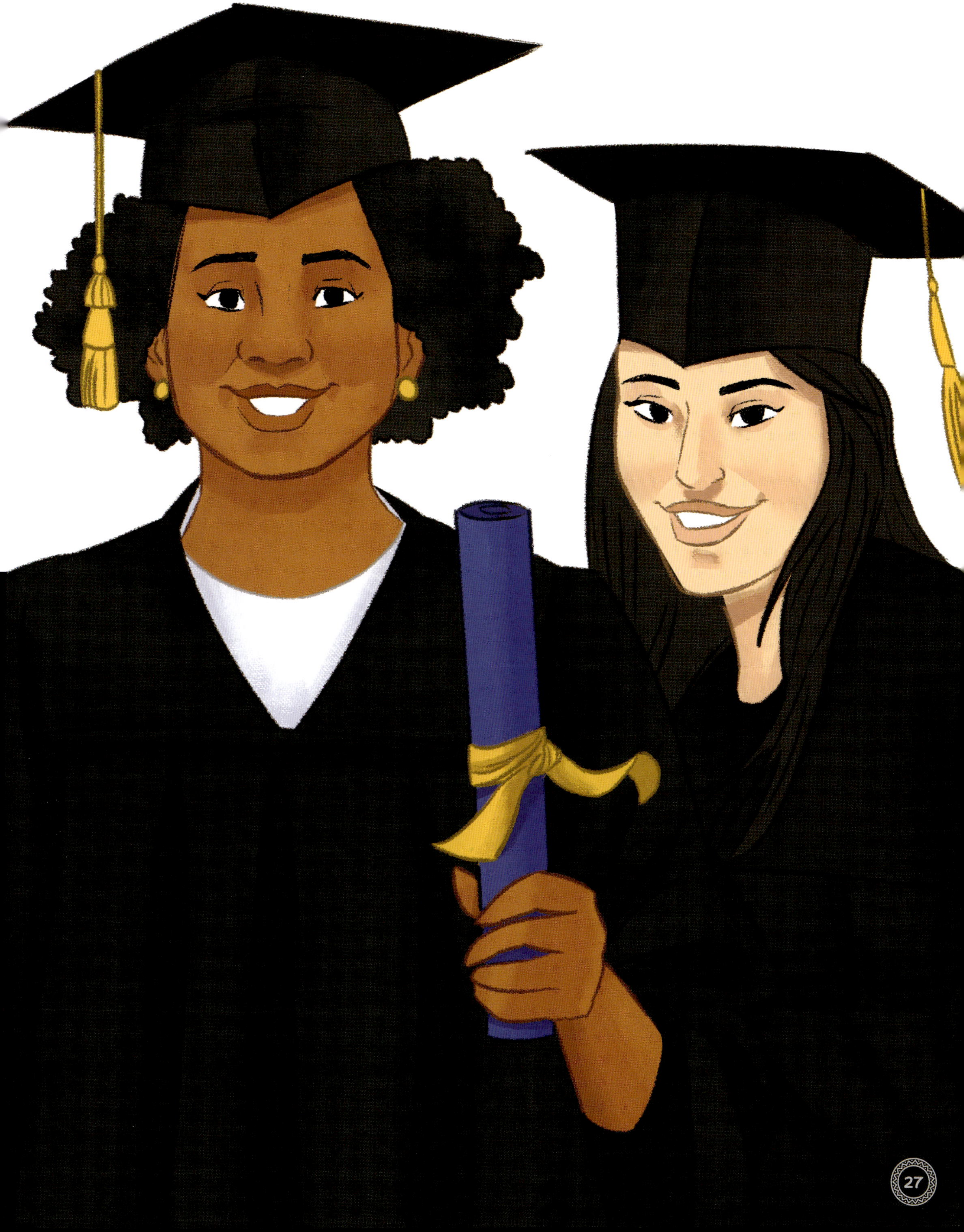

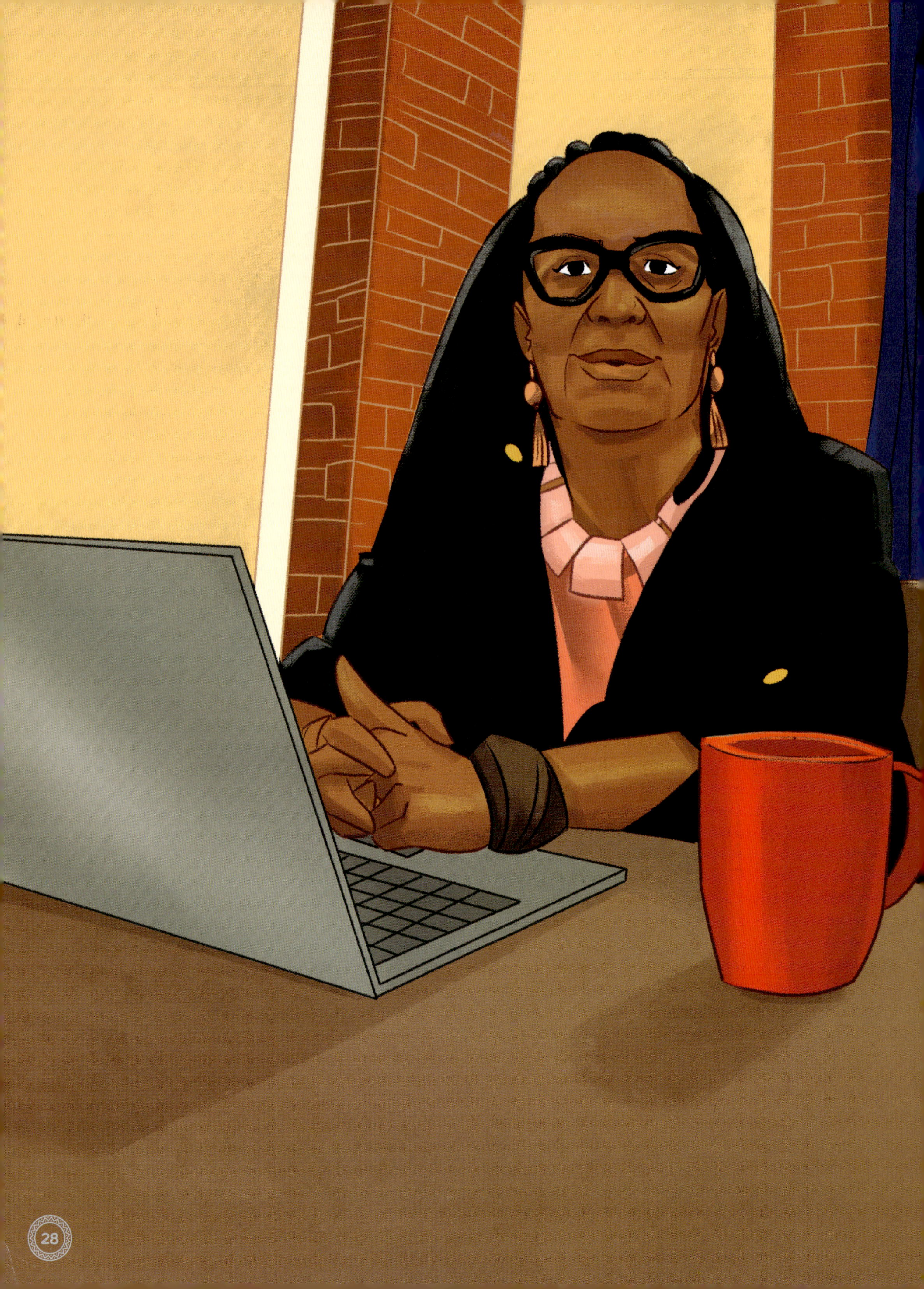

Com 49 anos, Sueli retomou a pós-graduação, dedicando-se ainda mais ao estudo acadêmico sobre o racismo que afeta tantas pessoas no país. Seu trabalho sobre a dinâmica das relações raciais no Brasil foi tão bom, que a banca de jurados da Universidade de São Paulo não só a declarou mestre sobre o assunto como também doutora em Filosofia da Educação.

Entre outros prêmios e homenagens por seu trabalho, Sueli recebeu o "Prêmio de Direitos Humanos Franz de Castro Holzwarth" (Menção Honrosa), o "Prêmio Bertha Lutz" (2003), o "Prêmio Direitos Humanos da República Francesa", o "Prêmio Benedito Galvão" (2014), o "Prêmio Itaú Cultural 30 Anos" (2017), o "Prêmio Especial Vladimir Herzog" (2020) e o "Prêmio Kalman Silvert" (2021).

Sueli é referência mundial não só como pesquisadora e defensora do feminismo, mas também como um exemplo de ser humano a todos aqueles que enxergam a desigualdade social e lutam para que um dia ela chegue ao fim.

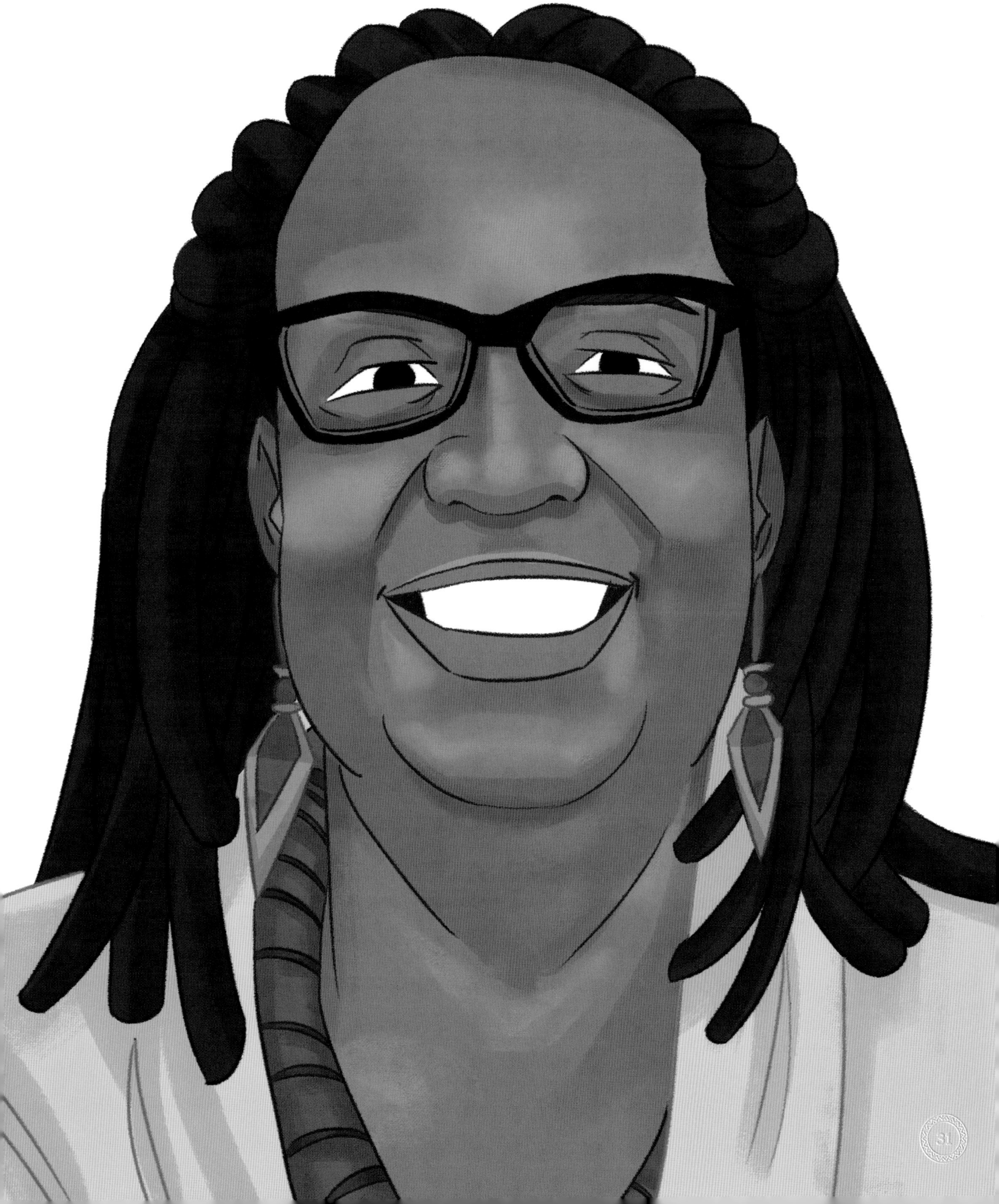

Querido leitor,

A editora MOSTARDA é a concretização de um sonho. Fazemos parte da segunda geração de uma família dedicada aos livros. A escolha do nome da editora tem origem no que a semente da mostarda representa: é a menor semente da cadeia dos grãos, mas se transforma na maior de todas as hortaliças. Assim, nossa meta é fazer da editora uma grande e importante difusora do livro, e que nessa trajetória possamos mudar a vida das pessoas. Esse é o nosso ideal.

As primeiras obras da editora MOSTARDA chegam com a coleção BLACK POWER, nome do movimento pelos direitos do povo negro ocorrido nos EUA nas décadas de 1960 e 1970, luta que, infelizmente, ainda é necessária nos dias de hoje em diversos países. Sempre nos sensibilizamos com essa discussão, mas o ponto de partida para a criação da coleção ocorreu quando soubemos que dois de nossos colaboradores já haviam sido vítimas de racismo.

Acreditando no poder dos livros como força transformadora, a coleção BLACK POWER apresenta biografias de personalidades negras que são exemplos para as novas gerações. As histórias mostram que esses grandes intelectuais fizeram e fazem a diferença.

Os autores da coleção, todos ligados às áreas da educação e das letras, pesquisaram os fatos históricos para criar textos inspiradores e de leitura prazerosa. Seguindo o ideal da editora, acreditam que o conhecimento é capaz de desconstruir preconceitos e abrir as portas do pensamento rumo a uma sociedade mais justa.

Pedro Mezette
CEO Founder
Editora Mostarda

EDITORA MOSTARDA
www.editoramostarda.com.br
Instagram: @editoramostarda

© Rodrigo Luis, 2021

Direção:	Fabiana Therense
	Pedro Mezette
Coordenação:	Andressa Maltese
Produção:	A&A Studio de Criação
Texto:	Fabiano Ormaneze
	Francisco Lima Neto
	Júlio Emílio Braz
	Maria Julia Maltese
	Orlando Nilha
	Rodrigo Luis
Revisão:	Elisandra Pereira
	Marcelo Montoza
	Nilce Bechara
Ilustração:	Eduardo Vetillo
	Henrique S. Pereira
	Kako Rodrigues
	Leonardo Malavazzi
	Lucas Coutinho

Dados Internacionais de Catalogação na Publicação (CIP)
(Câmara Brasileira do Livro, SP, Brasil)

```
Luis, Rodrigo
   Sueli : Sueli Carneiro / Rodrigo Luis. --
1. ed. -- Campinas, SP : Editora Mostarda, 2022.

   ISBN 978-65-88183-22-9

   1. Antirracismo - Brasil 2. Biografias -
Literatura infantojuvenil 3. Carneiro, Sueli, 1950-
4. Escritoras brasileiras - Biografia 5. Mulheres
negras - Biografia 6. Racismo - Brasil 7. Relações
étnico-raciais I. Título.

21-88014                                  CDD-028.5
```

Índices para catálogo sistemático:

1. Sueli Carneiro : Biografia : Literatura infantojuvenil   028.5
2. Sueli Carneiro : Biografia : Literatura juvenil   028.5

Nota: Os profissionais que trabalharam neste livro pesquisaram e compararam diversas fontes numa tentativa de retratar os fatos como eles aconteceram na vida real. Ainda assim, trata-se de uma versão adaptada para o público infantojuvenil que se atém aos eventos e personagens principais.